Holstein, de chez...

MEMOIRE SIGNIFIÉ

& employé pour réponses.

POUR Marie Celestine-Philipine-Josephine née Comtesse de Merode, Baronne de Ray, Princesse de Montglion, Dame des Terres libres & Imperialles d'Argenteau & d'Hermales, Marquise de Trelon épouse autorisée par Justice à la poursuite de ses droits & actions, separée de biens & d'habitation de Jean Ernest Adolphe Ferdinand Charle Duc de Holstein Sleswik, Appellante de la Sentence du Conseil d'Artois du 20. Novembre 1704.

CONTRE Messire Louis de Gand Prince d'Isenghein, Intimé.

L'OBJET de la contestation est une demande en ouverture d'un Fidei-commis de plusieurs Terres & Seigneuries considerables, situées en differentes Provinces, en Artois, en Hainaut, dans le Brabant, au Pays de Liege & dans le Duché de Juliers.

Ce Fidei-commis est porté par le testament de Richard de Merode du 13. Juillet 1610. C'est un Fidei-Commis masculin d'agnation, le Testateur a appellé pour le recüeillir au défaut de ses descendans, le mâle de sa famille maison & surnom qui seroit le plus proche du dernier de ses descendans, avec clause expresse de préference en tous cas & à toûjours aux femelles quoi que plus âgées ou plus proches en degré.

Telle est la nature de ce Fidei-commis, qui dans le moment qu'il a esté ouvert a appartenu incontestablement suivant la volonté écrite du Testateur, au mâle de sa maison tel qu'il la designé & caracterisé.

Richard de Merode Testateur, n'avoit que deux enfans mâles, François & Richard, par son testament il a partagé ses biens entre eux, il a voulu que celuy qui survivroit succede à celuy qui predecederoit sans enfans, & que son testament fût entierement executé.

En 1622. le Testateur est mort, ses enfans ont executé son testament, ils se sont mis en possession des biens, chacun a joüi de son lot de partage.

Richard est mort sans enfans, les biens qu'il lui étoient échûs en partage ont passé à François son frere qui a réüni tous les biens du pere commun.

En 1672. François est decedé, il n'a point laissé de posterité, de sorte que le Fidei-commis porté par le testament de son pere a esté ouvert au profit du mâle d'agnation de sa maison qu'il a appellé.

Marguerite-Isabelle de Merode sa cousine qui estoit lors veuve de Comte d'Isenghien s'est mis en possession des biens sous prétexte qu'elle estoit la plus proche heritiere du défunt, elle s'est saisie de tous les titres & papiers, & a pris un grand soin de ne pas donner connoissance du testament, parce qu'il deferoit les biens au mâle d'agnation de la maison de Merode le plus proche du défunt, & en excluoit toutes femelles quoique plus proches en degré.

A

Leopold de Merode oncle de Madame la Duchesse de Holstein estoit le mâle le plus proche, il demeuroit dans une autre Province, il ignoroit le testament, la guerre qui estoit alors entre les deux Couronnes, la France & l'Espagne rompoit tout commerce & mettoit les Frontieres dans des allarmes & des contributions continuelles. Dans ces tristes conjonctures Leopold de Merode est mort en 1674. environ dix-huit mois après l'ouverture du Fidei-commis, il n'a pas esté en état d'en former la demande dans l'ignorance absoluë où il estoit du testament, qui d'ailleurs estoit de l'année 1620. long-temps avant qu'il fût né.

Le droit que Leopold de Merode avoit de demander l'ouverture du Fidei-commis a passé au moment de sa mort à Claude-François de Merode son frere & son heritier, pere de Madame la Duchesse de Holstein, il n'a pas esté plus en état d'agir que Leopold son frere aîné, n'ayant pas connu le testament, il est mort en Irlande en 1690. il a laissé Madame la Duchesse de Holstein sa fille mineure, elle ignoroit pareillement le testament, elle n'en a eu connoissance qu'en 1700. estant à Bruxelles au sujet de la Souveraineté d'Argenteau, patrimoine ancien de sa maison qu'elle reclamoit.

Le 22. Novembre 1701. elle commença ses poursuites par une Commission de mise de fait qu'elle obtint pour le Comté d'Oignies suivant l'usage d'Artois; cette Terre qui y est située fait partie de celles comprises au Fidei-commis, elle fit assigner au Conseil d'Artois M. d'Isenghien comme representant la Comtesse d'Isenghien sa bisayeule qui s'estoit mise en possession des biens, pour voir decretter la mise de fait, c'est à dire, la faire déclarer bonne & valable.

Le titre & le fondement de la mise de fait estoit le Fidei commis auquel Leopold son oncle estoit appellé en qualité de mâle le plus proche de la famille, maison & sur nom du Testateur, elle en demanda l'ouverture & conclut 1°. Que le Fidei-commis soit déclaré avoir esté ouvert par la mort de François de Merode dernier des enfans du Testateur au profit de Leopold de Merode, comme estant appellé au Fidei-commis en sa qualité de mâle le plus proche de la Famille, maison & surnom du Testateur.

2°. Que M. d'Isenghien se desiste à son profit comme representant Leopold de Merode son oncle non seulement du Comté d'Oignies & de ses dependances, afin que la mise de fait sera déclarée bonne & valable, mais encore des autres Terres, Seigneuries & Domaines compris dans le Fidei-commis, conformément au testament de Richard de Merode.

3°. Qu'il en restituë les fruits & revenus depuis induë possession ensemble les Baux pour les liquider, & tous les autres titres, papiers & enseignemens qui les concernent, qu'il soit tenu de se purger par serment, qu'il n'en retient aucuns sinon le condamner à 100000. livres de dommages & interests.

Monsieur d'Isenghien fit naître un premier incident au sujet de cette demande, pour se maintenir le plus long temps qu'il luy seroit possible dans la possession injuste des biens de François de Merode.

Il prétendit d'abord que Madame la Duchesse de Holstein devoit justifier de sa Genealogie & du degré de parenté, comme s'il eut pû ignorer la verité de ce fait, lorsqu'il estoit saisi de tous les titres qui avoient esté produits par la Comtesse d'Isenghien sa bisayeule dans le procès qu'elle eut quelques années auparavant contre le Comte de Waroux.

L'autre incident estoit au sujet de la demande que Madame la Duchesse de Holstein avoit formée non seulement pour le Comté d'Oignies & dépendances, mais aussi pour les autres Terres & Domaines contenus dans le Fidei-commis, il prétendit qu'il n'estoit question au Conseil d'Artois que du Comté d'Oignies, & non point des autres Terres pour lesquelles il prétendoit devoir estre assigné à Paris.

Madame la Duchesse de Holstein établit sa Genealogie, elle fit connoître qu'elle descend de Richard de Merode Frentz, & de Marguerite d'Argenteau heritiere de Honsalife sa souche commune avec Richard de Merode Testateur, que le fait de sa Genealogie avoit esté reconnu par la Comtesse d'Isenghien dans une Genealogie qu'elle produisit au procès contre le Comte de Waroux, & qu'elle avoit tirée sur les titres de la maison de Merode dont elle s'estoit saisie au moment du décès de François de Merode, par la mort duquel le Fidei-commis estoit ouvert.

Elle foûtint que la Demande en ouverture du Fidei-commis pour tous les biens eftoit reguliere, que cette demande ne pouvoit être jugée pour le Comte d'Oignies, qu'elle ne le fût en mefme temps pour les autres Terres, & Seigneuries comprifes au Fidei-commis, qu'elle eftoit indivifible, qu'on ne pouvoit pas prononcer fur la validité de la mife de fait pour le Comté d'Oignies, fans prononcer fur l'ouverture du Fidei-Commis qui en eft le fondement ; que cette demande en ouverture du Fidei-commis eftant jugée valable pour Oignies, elle devoit l'eftre pour les autres biens du Fidei-commis, puifque cette demande n'avoit qu'un mefme principe, la clause du teftament, la vocation du mâle d'agnation le plus proche du défunt par preference à toûjours & en tous cas aux femelles.

Monfieur d'Ifenghien n'infifta pas d'avantage fur cet incident ; il défendit au fond, & le 22. May 1702. l'affaire fut appointée en droit.

Comme Monfieur d'Ifenghien ne convenoit pas de la Genealogie, quoiqu'il eut tous les titres qui l'établit en fa poffeffion, Madame la Ducheffe de Holftein, fut obligée de demander par une Requefte du 2. Decembre 1702. qu'il foit tenu de luy communiquer tous les titres & les Cartes Genealogiques de la maison de Merode, & notamment ceux que la Comteffe d'Ifenghien avoit produit au procès contre le Comte de Waroux, & fe purger par ferment de n'en retenir aucuns.

Cette demande eftoit préablable & de fimple inftruction, il eftoit de la regle d'y ftatuer afin d'affurer la verité du fait Genealogique dont M. d'Ifenghien ne convenoit pas.

Monfieur d'Ifenghien trouve le moyen par fon crédit d'empefcher le jugement de ce préalable, & enfin profitant de l'abfence de Madame la Ducheffe de Holftein qui eftoit dans fa Terre de Ray en Franche-Comté, il redoubla avec tant d'ardeur fes follicitations, que par le crédit des perfonnes les plus puiffantes dans la Province, il obtint la Sentence qui deboutte Madame la Ducheffe de Holftein & les Dames fes Sœurs qui eftoient intervenantes de toutes leurs demandes avec dépens.

L'injuftice de ce jugement excita beaucoup de rumeur dans la Province où l'affaire eftoit devenuë publique, on eut peine à concevoir que l'on eût debouté d'une demande qui avoit pour fondement un titre auffi autentique, un teftament executé depuis l'année 1622. on apprit enfin toutes les brigues & les follicitations pratiquées de la part de M. d'Ifenghin, pour fe maintenir dans la poffeffion des Terres comprifes au Fidei-commis, & que la Sentence après beaucoup d'altercations n'avoit paffé que d'une feule voix & contre l'avis du Rapporteur : ce font faits conftans & de notorieté publique fur les lieux, Madame la Ducheffe de Holftein les a avancé avec certitude dans fes griefs du 3. Fevrier 1706. & dans fes falvations, Monfieur d'Ifenghien ne les a pas jufques icy contefté.

Monfieur d'Ifenghien a bien fenti l'injuftice de cette Sentence, convaincu qu'elle ne feroit pas foutenable dans un Tribunal où la Juftice eft la feule mefure & l'unique regle des décifions qui y font fouverainement prononcées, a mis tout en ufage pour éloigner le jugement de l'appel ; en effet depuis le 3. Février 1706. que Madame la Ducheffe de Holftein a fait fignifier fes griefs, il n'a pas efté poffible d'obliger Monfieur d'Ifenghien de répondre & de mettre le procès en état d'eftre jugé, ce n'a efté qu'après neuf années, & à la derniere extremité, qu'il a enfin fourni fes réponfes le 6. Mars 1715.

La décifion de la conteftation fe renferme dans l'examen de deux propofitions.

PREMIERE PROPOSITION.

Le teftament de Richard de Merode du 13. Juillet 1620. contient un Fidei-commis au profit du mâle d'agnation, qui s'eft trouvé le plus proche du dernier des defcendans du Teftateur.

SECONDE PROPOSITION.

Leopold de Merode eft le mâle d'agnation que le Teftateur a appellé au Fidei-commis puifqu'il eftoit le plus proche.

PREUVE DE LA PREMIERE PROPOSITION.

Cette preuve se tire des termes du Testament.

Le Testateur après avoir fait le partage de ses biens entre ses deux enfans avec clause de succession reciproque, au cas du premier mourant sans enfans, s'explique en ces termes.

Arrivant que ni l'un ni l'autre ne laißât generation, ou bien que leurs enfans decedaßent aussi sans hoirs legitimes en ligne directe, en ce cas j'entends & veux que toutes lesdites Terres ainsi particularisées en leurs assignations cy-dessus, sauf la Terre & Seigneurie de Collencamps, appartiennent & retournent à ceux de nostre famille, maison & surnom de Merode, qui seront le plus proche du dernier decedé de nos descendans, preferant toûjours en tous cas les mâles aux femelles ors qu'elles fußent plus âgées ou en degré plus prochain audit dernier decedé de nos descendans.

Et quant à ladite Terre de Collencamps, elle appartiendra & retournera au Sieur Comte d'Estaires & à ses descendans mâles.

Bien entendu, que parce que dessus je n'entends induire aucune substitution, empeschant que mesdits enfans & leurs descendans, ayent en leursdits biens la mesme liberté que leur permettent les Coûtumes des lieux où lesdits biens sont situez & assis, ains seulement établir & faire un reglement de succession aux ouvertures des cas avant dits.

Cette clause renferme trois dispositions bien précises.

La premiere la vocation d'un masle de sa famille, maison & surnom, auquel il veut que ses biens appartiennent lors de l'ouverture du fideicommis par le deceds du dernier de ses enfans & descendans.

La seconde la designation du masle qui est appellé, il veut que ce soit celuy qui se trouvera le plus proche du dernier de ses descendans.

La troisiéme la préference entiere des masles toujours & en tous cas, aux femelles quoy qu'elles soyent plus âgées, ou dans un degré plus proche.

De ces dispositions il resulte :

1°. Que ce fideicommis est masculin d'agnation; puisqu'il est fait en faveur d'un masle de la famille, maison & surnom du Testateur, ce masle est appellé en tous cas & à toujours par préference aux femelles quoy que plus proches; on ne peut mieux marquer & caractériser le masle d'agnation.

2°. Qu'au moment de l'eschéance de la condition sous laquelle ce Fidei-commis a esté fait, le droit d'en demander l'ouverture a esté acquis incontestablement au masle d'agnation ainsi caractérisé; les femelles quoy que dans un degré plus proche en sont exclues par une clause précise, il faut que la disposition soit accomplie & consommée dans la personne d'un masle au moment de l'eschéance de la condition qui a donné ouverture au Fidei-commis, c'est la volonté escrite du Testateur à laquelle il n'est pas permis de contrevenir.

Le principe est certain, la volonté escrite du Testateur est une loy souveraine à laquelle on doit une soumission entiere & parfaite, *disponat Testator, & erit lex; in Fideicommissis sola voluntas Testatoris servanda.*

Un autre principe certain est qu'il faut remonter au moment de l'eschéance de la condition du Fidei-commis qui en a produit l'ouverture pour y appliquer la disposition du Testateur, c'est dans cet instant que le droit a esté acquis au masle tel que le Testateur l'a caractérisé, pour demander l'ouverture du Fidei-commis auquel il a esté appellé; si le Fidei-commissaire meurt sans avoir formé sa demande, soit par ignorance du testament, ou par quelque autre empeschement, son droit passe à son heritier. Les loix qui établissent ce principe sont rapportées au titre du Code *quand dies Fideicommissi vel Legati cedat.*

PREUVE

PREUVE DE LA SECONDE PROPOSITION.

Leopold de Merode eſt le maſle d'agnation que le Teſtateur a appellé au Fidei-commis.

Cette propoſition eſt eſtablie par les Genealogies de la Maiſon de Merode , par les Titres & les Actes qui en prouvent les degrez , & par les propres reconnoiſ-ſances des auteurs de M. d'Iſenghien & de deffunt François de Merode dont la mort a donné ouverture au Fidei-commis.

Madame la Ducheſſe de Holſtein juſtifie par les Contracts de mariage des 30. Avril 1667. & 1. Mars 1661. les degrez de Leopold & de Claude de Merode ſes pere & oncle enfans d'Albert de Merode Marquis de Trelon & de Celeſtine de Ray.

Le Contrat de mariage d'Albert de Merode & de Celeſtine de Ray du 26. Juillet 1633. prouve qu'Albert eſt fils d'Hermant Philippe de Merode & d'Albertine Princeſſe d'Aremberg.

Ce meſme Contrat de mariage & le partage du 14. Juillet 1589. eſtabliſſent qu'Hermant Philippe eſt fils de Philippe de Merode & d'Urſule Scheilfart.

Le Contrat de mariage de Philippe de Merode & d'Urſule Scheilfart du 29. May 1689. prouve que Philippe eſt fils de Louis de Merode Seigneur de Bury.

Le partage fait entre Louis & Jean de Merode le 11. Fevrier 1554. juſtifie qu'ils ſont enfans de François de Merode & Yolente de Boſſu.

Le partage fait entre les trois freres , François, Richard & Euglebert de Merode le 20. Mars 1524. prouve qu'ils ſont enfans de Richard de Merode d'Honfaliſe & d'Helene de Melun.

Le ſeptiéme degré que Richard de Merode de Honfaliſe eſt fils de Richard de Me-rode Baron Frentz & de Marguerite d'Argenteau heritiere de Honfaliſe, & frere de Regnier ou Regnaut de Merode Frentz qui a commencé la branche du Teſtateur eſt auſſi parfaitement juſtifié.

Madame la Ducheſſe de Holſtein ne rapporte pas à la verité le partage fait entre ces deux freres , Richard & Regnier de Merode des ſucceſſions de leur pere & mere , parce qu'il eſt trés ancien de 1400. il y a trois ſiecles , mais la preuve de ce qu'il contient, reſulte de ce que les meſmes Terres & Seigneuries que poſſedoient Richard de Merode & Marguerite d'Honfaliſe ont paſſez à leurs enfans Richard & Regnier de Merode.

La terre de Honfaliſe eſt tombée dans le lot de Richard de Merode avec celle de Mariamés & d'Argenteau , la verité de ce fait eſt juſtifié par les partages de 1524. de 1583. & de 1595. qui prouvent auſſi que la Terre d'Honfaliſe s'eſt perpetuée long temps dans la branche des Merodes Trelon & celle d'Argenteau appartient encore aujourd'huy à Madame la Ducheſſe d'Holſtein.

La Baronnie de Frentz eſt échuë à Regnier de Merode , qui eſt le chef de la branche du Teſtateur, elle a paſſé juſqu'à Richard de Merode Teſtateur & Fran-çois de Merode le dernier de ſes enfans & le dernier maſle de la branche de Merode Frentz.

Il eſt donc conſtant que la poſſeſſion de ces Terres & Seigneuries de ces deux branches rappelle le partage qui s'en eſt fait aprés la mort de Richard de Merode Baron de Frentz , & de Marguerite d'Argenteau de Honfaliſe entre Richard & Regnier leurs enfans.

Ce partage ancien du quinziéme ſiecle eſt en la poſſeſſion de M. d'Iſenghien avec les autres titres & cartes genealogiques de la Maiſon de Merode , il les a trouvé dans la ſucceſſion de la Comteſſe d'Iſenghien ſa biſayeule qui s'eſtoit emparé au moment de la mort de François de Merode de tous les titres & papiers de ſa ſucceſſion en qualité de ſa plus proche heritiere.

La verité de ce fait eſt reconnuë par elle meſme dans des repliques qu'elle fit ſignifier au Comte de Waroux le 30. Octobre 1676. folio 4°. recto où elle convient que le Comte de Waroux a envoyé ſes titres & ſes Cartes Genealogiques pour les

B

confronter avec ceux qu'elle avoit envoyée à Arras. Les repliques sont produites.

C'est aussi sur le fondement de cette reconnoissance que Madame la Duchesse de Holstein a demandé par sa Requeste au Conseil provincial d'Attois du 2. Decembre 1702. que M. d'Isenghien soit tenu de luy communiquer & de déposer au Greffe les titres & les Cartes Genealogiques de la Maison de Merode, & notamment les titres dont la Comtesse d'Isenghien s'estoit servi contre le Comte de Waroux, & se purger par serment qu'il n'en retient aucuns, il n'a pas jusques icy satisfait à une demande aussi juste, puisqu'elle a pour fondement la propre reconnoissance de la Comtesse d'Isenghien qu'il represente, & qu'elle ne tend qu'à éclaircir & assurer la verité d'un fait genealogique qu'il conteste dans le temps qu'il en a la preuve constante par les titres qu'il retient en sa possession.

Les premiers Juges n'ont pas fait droit sur cette Requeste, quoy qu'elle fust jointe au procez, & qu'il fust préalable d'y statuer.

La preuve est donc constante que les titres & les Cartes Genealogiques de la Maison de Merode sont en la possession de Monsieur d'Isenghien & qu'il n'est pas recevable à contester la Genealogie de Madame la Duchesse de Holstein dont il a une si parfaite connoissance.

Il est encore moins recevable à la contester après la reconnoissance que la Comtesse d'Isenghien qu'il represente a fait de cette Genealogie dans le procez contre le Comte de Waroux.

A la teste du Factum qu'elle fit imprimer elle fit mettre une Genealogie dans laquelle elle pose que Richard de Merode de Frentz & Marguerite d'Argenteau d'Honfalise eurent deux enfans masles, Richard de Honfalise qui a laissé posterité masculine, c'est le chef de la branche de Madame la Duchesse de Holstein, & Regnier Seigneur de Frentz, c'est le chef de la branche du Testateur : ce Factum avec la Genealogie est produit Cotte 70.

François de Merode par la mort duquel il a y eu ouverture au Fidei-commis dont est question, a reconnu la verité de ce mesme fait genealogique par Acte devant Notaires le 23. Janvier 1671. dans lequel il déclare que Leopold Guillaume de Merode que represente Madame la Duchesse de Holstein sa niece, est son plus proche heritier feodal de toutes les Terres de sa Maison. Cet Acte produit Cotte 11.

A ces reconnoissances particulieres & domestiques Madame la Duchesse de Holstein réünit les témoignages publiques des Historiens qui ont écrit l'histoire des anciennes Maisons de l'Europe, & qui en ont rapporté les Genealogies.

Aubert Cemire Chanoine & Doyen de l'Eglise d'Anvers fort versé dans l'histoire des Maisons & principalement dans celles des Pays-bas dont il avoit vu les titres, rapporte la Genealogie de la Maison de Merode dans plusieurs de ses ouvrages.

Dans le Livre qu'il a intitulé, *Diplomata Belgica*, au chapitre 97. & dans celuy intitulé, *Donationum Belgicarum*, il establit que du mariage de Richard de Merode Baron de Frentz & de Marguerite d'Argenteau de Honfalise sont issus Richard qui a fait la branche de Merode Honfalise, Trelon, & Regnier de Merode qui a fait la branche de Merode Frentz, il rapporte ensuite les degrez. Les Extraits sont produits au procez Cotte 36. 37. & 38.

La verité du mesme fait Genealogique est encore prouvée par le Carthulaire de l'Eglise Collegiale d'Honfalise, l'Extrait en a esté fait par le Magistrat de la ville d'Honfalise : il est produit.

Ce mesme fait est encore justifié par un Extrait d'un volume manuscrit contenant plusieurs Genealogies de grandes & illustres maisons, on y voit la Genealogie de la Maison de Merode, ainsi qu'on l'a rapportée cy-dessus : cet Extrait est aussi produit.

Madame la Duchesse de Holstein a encore produit les Genealogies faites & attestées par le Heraut d'Armes du Roy d'Espagne dans les Pays-bas, on sçait que les Herauts d'Armes ont un caractere public pour les faits Genealogiques, ils sont instituez dans les Pays-bas par les provisions des Souverains, ils attestent la verité du mesme fait que du mariage de Richard de Merode Frentz, & de l'heritiere de Honfalise sont issus Richard & Regnier chefs de deux branches, de Trelon & de Frentz. Les Genealogies qu'ils rapportent sont conformes à celle qui est à la teste du présent Memoire.

OBJECTIONS.

Les Hiftoriens des Maifons particulieres , les Genealogiftes , & les atteftations des Herauts d'Armes ne décident point pour les fucceffions , il faut pour les recueillir prouver fon degré par des titres authentiques , Contrats de mariage , Extraits Baptiftaires , Partages.

On ne rapporte point le partage des fucceffions de Richard de Merode Frentz & de Marguerite d'Argenteau de Honfalife.

Le partage de 1524. n'eft qu'une fimple copie qui ne fait point foy en Juftice , le témoignage d'Aubert Lemire ne fuffit pas , c'eft un fimple particulier qui a ramaffé toutes fortes de pieces fans choix, fans diftinguer les veritables d'avec celles qui font fufpectes , il s'eft mefme trompé dans la Genealogie de la Maifon de Merode ; puifqu'il donne pour femme à François de Merode , Yolente de Hennin , quoy qu'il foit juftifié par le partage de 1554. qu'il avoit époufé Yolente de Boffu , il a oublié pareillement le degré de Philippe de Merode marié à Urfule Scheiffart duquel mariage eft iffu Hermant Philippe qui a époufé la Princeffe Albertine de Haramberg.

Le Regiftre du Chapitre de l'Eglife Collegiale de Honfalife ne fait point foy , ce n'eft point un Regiftre public qui contient des Actes authentiques fignez de Notaires & de témoins ; ainfi il n'eft d'aucune autorité fuivant le fentiment de M. Charles Dumoulin fur l'ancienne coutume de Paris § 5.

Enfin dans une conteftation furvenuë au fujet de la Baronnie de Frentz Godart de Merode y a efté maintenu par un Jugement confirmé en 1685. par la Chambre Imperialle de Spire comme plus proche parent de François de Merode dernier des enfans du Teftateur à l'exclufion de Claude François de Merode & du Comte de Waroux qui la conteftoient.

RE'PONSES.

Madame la Ducheffe de Holftein a prouvé fa Genealogie par les titres les plus certains & les plus inconteftables, par des Contrats de mariages, par des partages, par la poffeffion des mefmes Terres & Seigneuries que les anceftres communs qui ont fait les deux branches , celles de Merode Trelon , & celle de Merode Frentz ont poffedé anciennement , par les monumens publics , & enfin par les propres reconnoiffances du deffunt des biens defquels il s'agit & de la Comteffe d'Ifenghien que reprefente M. d'Ifenghien.

Le partage de 1524. eft rapporté en original, François, Richard & Euglebert de Merode déclarent y avoir mis leurs fceaux avec ceux de quatre hommes de Fiefs du Comté de Hainaut & du Notaire Imperial : les parties ne fignoient pas alors , l'ufage eftoit d'appofer les fceaux.

Ce partage rappelle celuy qui avoit efté fait par Richard de Merode de Honfalife & par Regnier de Merode Frentz des fucceffions de Richard de Merode Frentz & de Marguerite d'Argenteau de Honfalife pere & mere ; puifque les mefmes Terres qu'ils poffedoient ont paffé à leurs enfans , les Terres de Honfalife , d'Argenteau & de Mariamez à Richard de Honfalife , & celles de Frentz & autres à Regnier de Merode Frentz, la poffeffion de ces Terres & Seigneuries continuée dans les deux branches de Merode de Honfalife & de Merode Frentz eft la preuve la plus conftante du partage qui s'eft fait entre les deux freres , Richard & Regnier.

Les reconnoiffances de la part de la Dame Comteffe d'Ifenghien & de François de Merode , jointes aux monumens publics tout concourt également à prouver la verité de la fouche commune.

Aubert Lemire a toûjours efté regardé comme un Hiftorien d'une érudition profonde dans l'hiftoire & dans la connoiffance des grandes Maifons des Pays-Bas , c'eft ce qui luy a merité les éloges que luy ont donné les Sçavans , & entre autre Valere André dans fa Biblioteque des écrivains des Pays-Bas.

Les prétenduës erreurs que Monfieur d'Ifenghien luy impute , ne doivent pas eftre r opofez.

Yolante de Henin qui paroît dans le partage de 1554. fous le nom d'Yolente de

Boſſu eſt la meſme perſonne , on ne doit pas ignorer que la maiſon de Henin eſt la meſme que celle de Boſſu , on l'appelle de Hennin de Boſſu , cette verité eſt atteſtée par Chryſtophe Butkens dans ſes trophées de Brabant par François Vinchany & Antoine Ruteau, & par Nicolas Rittherſuſius , dans les recüeils qu'ils ont fait des Genealogies des grandes maiſons des Pays-bas, ils ont rapporté celles de la maiſon de Henin de Boſſu, Monſieur d'Iſenghien a depuis reconnu la verité de ce fait, puiſqu'il ne la plus conteſté , il en eſt de meſme du nom d'Iſenghien ſous lequel eſt connu M. d'Iſenghien, quoique le veritable nom de ſa maiſon ſoit Vilain de Gand, Aubert Lemire à donc eu raiſon de dire que François de Merode à épouſé Yolente de Hennin, puiſque c'eſt la meſme qui paroiſt dans le partage de 1554. ſous le nom d'Yolente de Boſſu.

Le degré de Philipe de Merode que l'on ſuppoſe qu'il a obmis, eſt un pur equivoque, il eſt vray que dans le Livre qui a pour titre *Diplomata Belgica* chapitre 97. il finit les deſcendans, & Richard de Merode & de Marguerite d'Argenteau, heririere de Honfaliſe à Philipe de Merode, mais ſi on eût conſulté le Livre qu'il a fait depuis intitulé *Donationum Belgicarum*, on eût trouvé qu'il a augmenté la Genealogie de cette branche juſque à Hermant Philipe de Merode, qui épouſa la Princeſſe d'Aremberg, il n'y a donc point d'erreur dans l'un & l'autre fait avancé par Aubert Lemire, il faut bien lire & concilier les ouvrages d'un Auteur avant que de luy faire ſon procès auſſi injuſtement.

L'Extrait du Regiſtre du chapitre Collegiale de Honfaliſe eſt une piece autentique, ce Regiſtre eſt intitulé, *Regiſtrum Originale Conventus Honſfalienſis Sancti Auguſtini*. Cet Extrait a eſté collationné ſur le Regiſtre original par les Majeurs & Eſchevins de Honfaliſe.

Ce Regiſtre contient la Genealogie de la maiſon de Honfaliſe & de ceux qui ont poſſedé cette Seigneurie, il eſt fait mention que Richard de Honfaliſe & Jeanne d'Euglebert de Marianez, eurent pour fille Marguerite qui épouſa Richard de Merode Baron de Frentz, & qu'ils eurent pour enfans Richard Seigneur de Honfaliſe, lequel épouſa Helene de Melun & un autre qui fut Seigneur de Frentz.

Ce fait eſt ſi certain & ſi public qu'il eſt rapporté de meſme par tous les meilleurs Auteurs qui ont écrit l'hiſtoire & les Genealogies des Maiſons des Pays-bas.

Chryſtophe Butkens dans ſes trophées de Brabant de l'édition de 1637. à Anvers, rapporte la Genealogie des Seigneurs de Honfaliſe folio 565. Il fait ſortir de Margueritte de Honfaliſe & de Richard de Merode, Richard de Honfaliſe qui épouſa Helene de Melun, & Regnier Seigneur de Frentz, qui épouſa Adriene de Maupertingue.

Ce meſme fait Genealogique eſt rapporté par Nicolas Ritterſuſius dans ſes Genealogies de l'édition de 1664. à Tubinge, Genealogie 149.

Chriſtinæus Juriſprudentia heroica ſive de Jure Belgarum circa nobilitatem article 7. rapporte ce meſme fait Genealogique, il rapporte la Genealogie de la branche de Madame la Ducheſſe de Holſtein, depuis Richard de Merode, & Marguerite de Honfaliſe ſouche commune avec le Teſtateur, juſqu'à Albert Marquis de Trelon ſon ayeul & pere de Leopold Guillaume, & de Claude François de Merode.

Jean Charpentier dans ſon hiſtiſtoire du Cambreſis de l'édition de Leyde en 1664. en deux volume in 4°. page 519. du ſecond volume, rapporte le meſme fait Genealogique, cet Auteur aſſure avoir vû les anciens titres, les chartes, Croniques, Cartulaires & monumens publics.

Ces Auteurs & les autres qui ont écrit de l'hiſtoire des Maiſons & qui aſſurent la verité de ce meſme fait, confirment également la verité qui reſulte du Regiſtre de l'Egliſe Collegiale de Honfaliſe. Monſieur d'Iſenghien n'a pas répondu à ces autoritez, parce qu'elles ſont certaines & ſans contredits.

Le ſentiment de Dumoulin dont on ſe ſert pour attaquer la forme de Regiſtre du Chapitre de Honfaliſe, n'a pas d'application.

Cet Auteur requiert trois conditions pour rendre un Regiſtre autentique. 1. *Ut ſervetur in loco publico*. 2. *In loco ubi ſolum authenticæ ſcripturæ reponuntur*. 3. Qu'il ſoit gardé par un officier public.

Le Regiſtre du Chapitre de l'Egliſe Collegiale de Honfaliſe, renferme ces trois conditions, il eſt dans les Archives du Chapitre où ſont tous les titres de l'Egliſe d'Honfaliſe, falife, & il eſt gardé par le Secretaire du Chapitre qui eſt conſideré comme une perſonne publique qui a foy en Juſtice, on ſçait que les Secretaires des Chapitres délivrent tous les jours des Expeditions tirées des Regiſtres Capitulaires qui font foy en juſtice ; ce qui reſulte des Ordonnances du Royaume, de l'article 13. de l'Edit de 1550. touchant l'abus des petites dates, confirmé par l'article 3. de l'Edit de creation des Notaires Apoſtoliques de 1691.

D'ailleurs Dumoulin s'explique dans le cas où une partie produiroit contre un tiers un titre ſuſpect qui ne ſeroit point ſoûtenu d'un autre titre, ce qui n'a pas d'application au Regiſtre de l'Egliſe d'Honfaliſe, qui ſe trouve ſoûtenu pour le fait Genealogique dont il s'agit par les meilleurs Hiſtoriens & Genealogiſtes, & par les propres reconnoiſſances de la Comteſſe d'Iſenghien & de François de Merode, par la mort duquel le Fidei-commis dont eſt queſtion a eſté ouvert.

Pour ce qui concerne le jugement de la Chambre Imperialle de Spire

1°. On n'en rapporte qu'une ſimple copie, qui ne fait point foy en juſtice.

2°. Il faudroit rapporter avec le jugement toutes les pieces ſur leſquelles il a eſté rendu, afin de connoître qu'elles en ſont les circonſtances & quel en a eſté le motif.

3°. Ce prétendu jugement n'eſt que par défaut contre Claude-François de Merode, il eſtoit lors abſent & hors d'état de propoſer ſes défenſes ; Godart de Merode qui avoit ſeul produit ſes titres pour juſtifier qu'il eſtoit de la maiſon de Merode fut maintenu, de ſorte que les choſes ſont entieres à l'égard de Claude-François de Merode, & ce prétendu jugement ne doit pas luy eſtre objecté, puiſqu'il ne s'eſtoit pas défendu & qu'il n'avoit pas produit les titres de ſa Genealogie.

4°. Godart de Merode ni aucun autre de la maiſon de Merode ne ſe ſont juſques icy preſenté depuis plus de 36. années que ce Fidei-Commis eſt ouvert, pour en former la demande ; le fait eſt public & notoire que Leopold de Merode eſtoit le plus proche mâle d'agnation de François de Merode, il faut donc retrancher ce prétendu jugement & l'induction qui en eſt tirée.

Il demeure donc pour conſtant que Leopold a eſté le mâle deſigné par le Teſtateur pour recueillir le Fidei-commis.

PREMIERE OBJECTION.

Le teſtament de Richard de Merode n'a pas exclu Marguerite Iſabelle de Merode veuve du Comte d'Iſenghien, de la ſucceſſion des terres d'Oignies & de Wahaignies que les Coûtumes d'Artois & de la Salle de l'Iſle luy ont deferé comme propres de la ligne de Margueritte d'Oignies dont elles procedent.

Il eſt vray que le Teſtateur a appellé le mâle de ſa famille qui ſe trouveroit le plus proche du dernier de ſes enfans mort ſans poſterité, mais il n'a eu en vûë que celuy des mâles deſcendans de Richard de Merode & de Marguerite d'Oignies ſes pere & mere, il n'a pas eu intention d'appeller Leopold de Merode qui ne luy eſtoit parent qu'au douziéme degré.

Pour établir cette objection, Monſieur d'Iſenghien imagine des preſomptions de volonté du Teſtateur.

La premiere tirée de l'état de ſa famille lorſqu'il a fait ſon teſtament en 1620. il avoit le Comte de Midelbourg ſon frere, & Marie de Merode ſa ſœur mariée à François d'Halluin, ils eſtoient également habiles à ſucceder à ſes enfans & leurs deſcendans dans les terres d'Oignies de Wahaignies & autres terres qu'il poſſedoit, parce qu'ils eſtoient du côté & ligne & les plus proches ; il ſçavoit auſſi que les Coûtumes d'Artois & de la Salle de l'Iſle, dans leſquelles ces Terres ſont ſituées, deferent au plus proche les biens de l'heredité, & qu'en égalité de degré le plus âgé eſt preferé, comme il pouvoit arriver que Marie de Merode & ſes deſcendans auroient ces prerogatives ſur les deſcendans du Comte de Midelbourg ſon frere, il a voulu exclure Marie de Merode & ſes deſcendans, & rappeller les deſcendans mâles de ſon frere au cas qu'ils ne fuſſent pas les plus proches, ou qu'eſtant en égal degré, ils ne fuſſent pas les plus âgez, c'eſt l'idée du Teſtatur.

La ſeconde préſomption tirée des termes dans leſquels il s'explique ; que leſdites

C

Terres appartiennent & retournent à ceux de noſtre famille, *&c.* parce qu'elles venoient de Marguerite d'Oignies, c'eſt pourquoi le Teſtateur veut qu'elles y *retournent*, terme qui ne peut s'appliquer à des parents d'une ligne étrangere.

La troiſiéme preſomption tirée de la clauſe qui ſuit, par laquelle le Teſtateur à déclaré qu'il n'entendoit pas faire une ſubſtitution, mais un reglement de ſucceſſion.

Monſieur d'Iſenghien ſuppoſe deux differences eſſentielles entre une ſubſtitution & un reglement de ſucceſſion.

Premierement, la ſubſtitution empeſche la diſpoſition, le reglement de ſucceſſion laiſſe la liberté de diſpoſer.

Secondement, dans le cas de la ſubſtitution, le Teſtateur appelle telles perſonnes qu'il luy plaiſt à la ſucceſſion de ſes biens, même les étrangers, le reglement de ſucceſſion ne comprend que ceux que la loy appelle à la ſucceſſion, les étrangers en ſont exclus, le Teſtateur ne diſpoſe entre ſes heritiers preſomptifs que pour donner la preference aux uns ſur les autres.

De ces differences, Monſieur d'Iſenghien tire deux conſequences.

La premiere, que la diſpoſition de Richard de Merode ne peut regarder que ceux que la loy appelloit à la ſucceſſion de ſes deſcendans, parce qu'ils étoient de la ligne & les plus proches.

La ſeconde, que cette diſpoſition ne concerne point Leopold de Merode, puiſque la Loy ne l'appelloit pas à la ſucceſſion des deſcendans.

La quatriéme preſomption fondée ſur ce que l'on doit entendre par le mot *de famille* dont le Teſtateur s'eſt ſervi.

Dans le droit le nom de famille ſe prend en pluſieurs manieres, *jure proprio* & *jure communi* ſuivant la Loy 195. ff. *de verbor. ſignif.*

Jure proprio, il comprend ceux qui ſont ſous la puiſſance du pere de famille, ce qui s'applique aux deux enfans qu'avoit le Teſtateur.

Jure communi, il renferme ceux qui ſont ſortis de meſme pere du famille, le frere & la ſœur du Teſtateur. C'eſt pour eux & leurs deſcendans qu'il a fait ce reglement de ſucceſſion, il n'a eu pour objet que la preference des mâles qui auroient eu l'habileté de ſucceder à ſes enfans ou à leurs deſcendans à cauſe de la proximité & du côté & ligne d'où ces Terres procedent ſuivant la diſpoſition des Coûtumes.

RE'PONSES.

Premierement, s'il eſtoit queſtion de recüeillir les biens de François de Merode dernier des enfans du Teſtateur par le titre d'heritier, on examineroit les diſpoſitions des Coûtumes dans l'étendüe deſquelles les biens ſont ſituez, pour en faire une juſte application à la nature de ces meſmes biens qui compoſent l'heredité de François de Merode. Mais Richard de Merode ſon pere en a diſpoſé autrement, il ne s'agit donc que ſe conformer à ſa diſpoſition.

Secondement, le Teſtateur a appellé un mâle de ſa maiſon pour en recüeillir les biens, la vocation eſt generale & perpetuelle pour les mâles de ſa maiſon & de ſon nom en tous cas & a toûjours, il en a exclu les femmes quoique plus proches & plus âgées par une preference & une predilection pour les mâles; ſa diſpoſition eſt claire & preciſe, il avoit pouvoir de la faire, & par conſequent elle a dû recevoir ſon effet & ſon accompliſſement entier dans la perſonne d'un mâle de la maiſon de Merode, au moment que la condition ſous laquelle le Teſtateur a diſpoſé, eſt échûë, & que Fidei-commis a eſté ouvert.

Troiſiémement, le mâle que le Teſtateur a appellé eſt parfaitement deſigné par les termes dans leſquels il s'eſt expliqué, il veut que ce ſoit le mâle de ſa famille, maiſon & ſurnom qui ſe trouvera le plus proche du dernier decedé de ſes deſcendans : ces termes generaux & indefinis prouvent encore ſa meſme volonté que ſes biens ſoient recüeillis, le cas prévû arrivant par un mâle d'agnation de ſa maiſon, il n'appelle point d'autres perſonnes, il pouvoit appeller un étranger, il appelle un mâle de ſa maiſon & ſurnom, la vocation n'eſt point limitée aux mâles deſcendans de la branche d'Oignies, on ne peut pas une vocation plus generale & plus étendüe, puiſqu'elle n'a d'autres bornes que celles des mâles de ſa maiſon & ſurnom de Merode en tous ces as & pour toûjours, & qu'elle comprend non feulement les Terres d'Oignies & de Vahaignies, mais auffi toutes les autres Terres de fa maifon, au nombre defqu'elles eft la Baronie de Frentz poffedée originairement par Richard de Merode Auteur de la fouche commune.

Si le Teftateur n'eût eu en vûë que les defcendans du Comte de Midelbourg fon frere ne s'en feroit-il pas expliqué de la mefme maniere qu'il s'eft expliqué au fujet du Comte d'Eftaire & de fes defcendans pour la Terre de Collencamp; rien de plus facile de déclarer que les Terres dont ils difpofoit appartiendroient au Comte de Midelbourg & à fes defcendans mâles qui feroient les plus proches, il ne la pas fait, il n'a pas limité fa difpofition aux feuls defcendans de fon frere, parce que fon intention n'eftoit pas de le faire, il fçavoit qu'il n'avoit qu'un fils qui pouvoit mourir fans enfans, fa volonté eftoit d'appeller un mâle de fa maifon & de fon nom, pour recüeillir le Fidei-commis au moment de l'ouverture; c'eft dans cette vûë qu'il appelle les mâles de fa famille maifon & furnom, il ne defigne pas feulement les mâles de fa famille, il ajoute *de noftre maifon & furnom*, cette gradation marque clairement fa volonté, qu'il portoit fes vûës au plus loin que fes defcendans mâles de fon frere, & jufqu'au point que fa difpofition reçoive fon effet dans la perfonne d'un mâle de fa maifon le plus proche qui fe troveroit au moment de l'ouverture du Fideicommis.

Mais il n'eft pas icy queftion de prefomption de volonté & d'imaginer des raifonnemens pour interpreter l'intention du Teftateur, puifqu'elle eft nettement écrite, & qu'il n'y a aucune ambiguité, aucun doute, *cum in verbis nulla ambiguitas eft, non debet admitti voluntatis quæftio*, le Teftateur n'a pas limité fa difpofition aux mâles feuls defcendans du Comte de Midelbourg fon frere, on ne peut pas fuppofer une limitation qu'il n'a pas faite, fans luy fuppofer en mefme temps un teftament different de celuy qu'il a fait. L. 25. §. 5. ff. de legat. 30.

On doit donc retrancher l'interpretation que l'on affecte de donner à fa difpofition, puifqu'elle eft entierement contraire à ce qui eft écrit en termes generaux & non limitez, dans lefquels il s'eft expliqué & aux chofes qu'il a compris dans fa difpofition, puifqu'il a difpofé non feulement des Terres d'Oignies & de Vahaignies, mais encore de toutes les autres Terres & Seigneuries de fa maifon.

Il faut toûjours en revenir au point qui decide, il a appellé un mâle de fa maifon le plus proche du dernier de fes defcendans, c'eft ce mâle au profit duquel le Fidei-commis a efté ouvert, par la mort de François de Merode dernier de fes enfans, qui doit en profiter ou ceux qui le reprefentent.

La feconde prefomption n'eft pas mieux fondée.

Les termes *appartiennent & retournent* font relatifs aux mâles de la famille maifon & furnom du Teftateur, il n'eftoit pas queftion feulement comme le fuppofe M. d'Ifenghien des Terres d'Oignies & Vahaignies procedant de Marguerite d'Oignies, il s'agiffoit des anciennes Terres de la maifon de Merode; de la Baronie de Frentz & autres qui avoient originairement appartenu à Richard de Merode fouche commune de madame la Ducheffe de Holftein & du Teftateur, il eftoit le fextifayeul de Leopold, au profit duquel le Fidei-commis a efté ouvert, & le trifayeul du Teftateur. C'eft pourquoy le Teftateur ayant appellé les mâles les plus proches de fa famille maifon & furnom, il veut que les Terres de fa maifon leur appartiennent & retournent; la Baronie de Frentz & les autres Terres que poffedoit Richard retournoient effectivement. Le cas arrivant aux mâles de fa maifon, eftant recüeillis par Leopold de Merode, qui defcendoit de Richard qui les avoit originairement poffedées, & qui avoient paffé à Regnier de Merode fon fils dans le partage qu'il fit avec Richard de Merode fon frere, auquel il écheut les Seigneuries de Honfalife d'Argenteau & autres.

La troifiéme prefomption tirée de la difference d'une fubftitution & d'un reglement de fucceffion n'a pas le moindre prétexte, elle fe détruit par les termes de la claufe mefme dont on fe fert.

Le Teftateur aprés avoir fait le Fidei-commis par la vocation d'un mâle de fa maifon pour en poffeder toutes les Terres, le cas arrivant du decez de fes enfans fans pofterité ajoûte:

Bien entendu que par ce que deffus je n'entends induire aucune fubftitution empefchant que mefdits enfans & leurs defcendans ayent en leurfdits biens la mefme liberté que leur permettent les coutumes où lesdits biens sont situez , ainsi seulement establir & faire un Reglement de succession aux ouvertures des cas avant dits.

Quand le Testateur declare qu'il n'entend induire aucune substitution , il ajouste en mesme temps empefchant que ses enfans & leurs descendans ayent la liberté d'en disposer suivant les coutumes, il n'entend que suspendre l'effet de la substitution qui n'est que *de eo quod supererit* des Terres, Seigneuries & Domaines qui se trouveront appartenir au dernier de ses descendans au jour de son decez , la substitution ne laisse pas de subsister quoy que l'effet en soit suspendu en faveur de ses descendans ; c'est pourquoy le Testateur declare qu'il n'entend faire qu'un Reglement de succession aux ouvertures des cas avant dits que ses enfans meurent sans posterité.

La posterité du Testateur pouvoit estre d'une longue suite de descendans, ensorte que le dernier n'auroit eu que des Collateraux fort éloignez pour recueillir le Fideicommis, comment accorder avec cette suitte de descendans l'idée d'un Reglement de succession entre les descendans du Comte de Midelbourg ? comment imaginer que le Testateur ait eu intention de se conformer à la coutume d'Artois par une espece de rappel du masle dans un degré plus éloigné ; puisque le Fidei-commis qu'il a fait comprend non seulement la Terre d'Oignies, mais toutes les autres Terres que possedoit François de Merode mort en 1672. situées dans differentes Provinces dont les Loix & les usages sont differents ; la coutume d'Artois n'a donc pas esté la regle de sa disposition.

D'ailleurs un reglement de succession est un terme generique qui s'applique à l'espece de la disposition qui s'est faite , le reglement particulier que le pere de famille fait de ses biens different du reglement general qu'en ont fait les coutumes, est certainement une disposition qui intervertit la disposition generale de la coutume & l'ordre de succeder *ab intestat* : la disposition de l'homme fait cesser en ce cas celle de la loy, il peut la faire au profit de ses heritiers presomptifs & de personnes étrangeres, il faut ne pas faire attention aux premiers principes & à ce qui se passe tous les jours dans l'usage pour contester des notions aussi claires & aussi certaines.

La quatriéme présomption n'est pas mieux fondée :

S'il estoit question de connoistre l'étenduë du mot de famille, il seroit fort facile d'establir par une infinité de loix, & par l'usage que c'est un terme generique qui n'est pas borné comme le suppose M. d'Isenghien aux descendans de la premiere souche immediate : la loy 195. ff. *de verbor. signific.* qu'il cite , détruit son raisonnement & sa distinction, *recte ejusdem familiæ appellabantur qui ex eâdem domo & gente proditi sunt*, ce sont ces derniers termes que l'on a affecté de supprimer , parce qu'on en a senti toute la force.

Mais le Testateur ne s'est pas servi du terme seul de famille, il a ajouté ceux de maison & surnom, termes qui sont generaux & qui comprennent tous les masles d'agnation de la maison de Merode, le Testateur a mesuré l'étenduë de sa famille & de sa maison sur celle de son surnom, il a entendu que tous ceux qui sont descendus du mesme tronc, en ligne masculine sont appellez au Fidei-commis, le terme de maison a rapport à celuy de *gens*, il comprend generalement tous ceux qui viennent d'une mesme origine, d'une mesme souche de masles en masles, & qui en conservent le nom.

Les Historiens qui rapportent les Genealogies des maisons mettent en titre *Maison de merode*, & en Latin, *Gens Merodiorum*, sous ce terme generique ils rapportent toutes les branches, ils posent pour souche commune Richard de Merode Frentz & Beatrix de Petersem qui ont eu trois enfans, Jean Sire de Merode & de Wasterloo, Richard Baron de Frentz qui a épousé Marguerite d'Argenteau heritiere de Honsalise, souche commune du Testateur & de Madame la Duchesse de Holstein ; c'est dans cette mesme vûë & suivant l'usage ordinaire de s'exprimer que le Testateur a ajouté au mot de *famille*, par une espece de gradation, celuy de *maison*, qui est encore plus étendu avec l'expression du surnom pour marquer qu'il appelloit tous ceux qui en descendent en ligne masculine *quoscunque gentiles seu Merodianos*, qui seroient les plus proches du dernier de ses descendans.

Ce qui prouve encore l'étenduë que le Testateur a donné au Fidei-commis est la clause qui suit par laquelle il prefere les masles en tous cas & à toujours aux femelles quoy que plus proches en degré, parce que sa volonté estoit, qu'un masle

d'agnation

'agnation de fa maifon recueillit le Fidei-commis lorfqu'il feroit ouvert.

Monfieur d'Ifenghien finit cette premiere objection par un dilemme auquel il pré-
end qu'il n'y a pas de réponfe.

Le Teftateur a voulu appeller à la fucceffion de fes defcendans tous les mafles
e quelques branches & de quelques familles qu'ils fuffent portant le furnom de
Merode, où il a voulu appeller une famille de Merode diftincte & féparée des autres
amilles.

Au premier cas il faut conclure:

1°. Que les mafles defcendus de Richard de Merode Seigneur de Frentz & de
heritiere d'Honfalife n'ont pas efté appellez au Fidei-commis preferablement aux
utres mafles defcendus des autres branches portant le furnom de Merode.

2°. Que le Comte de Waroux a du exclure Leopold de Merode oncle de Madame
a Ducheffe de Holftein par quatre raifons.

La premiere ; Il eftoit defcendu de mefme que Leopold de mafles en mafles du
urnom de Merode.

La feconde ; Sa Genealogie n'eftoit pas contettée, celle de Madame la Ducheffe
le Holftein n'eft pas entierement juftifiée.

La troifiéme ; il avoit la proximité du degré , il eftoit au cinquiéme degré de
François de Merode dernier des enfans du Teftateur par Marie de Merode fa bifayeule,
& par fon pere il eftoit parent au mefme degré que Leopold, il n'importoit pas de
quel cofté il euft la proximité du degré , le Teftateur ayant appellé en general le plus
proche des mâles parent du deffunt.

La quatriéme; Il avoit encore cet avantage fur Leopold , qu'il eftoit parent du
cofté & ligne d'où procedent les Terres d'Oignies & de Wahaignies, qualitez ne-
ceffaires pour fucceder à ces Terres fuivant les coutumes d'Artois & de la Salle de
l'Ifle.

Le Comte de Waroux a efté débouté de fa prétention, la Comteffe d'Ifenghien
a efté maintenue dans la fucceffion , le jugement a paffé en force de chofe jugée depuis
40. années , Madame la Ducheffe de Holftein n'eft rien prétendre 1°. par
la regle *fi vinco vincentem fe* , *à fortiori vinco te* ; 2°. le Comte de Waroux qui
s'eft trouvé plus proche mafle au jour de l'ouverture de la fucceffion de François
de Merode , auroit exclu Leopold de Merode.

Au fecond cas fi le Teftateur a appellé à la fucceffion de fes defcendans une famille
particuliere du furnom de Merode, ce ne peut eftre que celle du Teftateur , c'eft-
à-dire, les defcendans de Richard de Merode & de Marguerite d'Oignies fes pere
& mere , il ne s'eft point trouvé de mafle de cette branche lors de l'ouverture de
la fucceffion pour exclure la Comteffe d'Ifenghien ; elle n'a donc pas trouvé d'obftacle
qui l'ait empefché d'eftre feule heritiere & de recueillir les biens.

RÉPONSE.

Le dilemme n'eft fondé que fur des préfomptions de volonté que l'on imagine
de la part de M. d'Ifenghien, & qui n'ont pas le moindre fondement.

On n'a recours aux préfomptions que lorfque le Teftateur ne s'eft pas nettement
expliqué : lorfque fa volonté eft claire la loy ne permet pas que l'on propofe des préfomptions & des doutes , *ubi nulla ambiguitas , non admittitur voluntatis quæftio.*
l. 25. § 1. ff. *de legat.* 30.

Richard de Merode s'eft expliqué dans les termes les plus clairs & les plus précis,
fa volonté eft nettement eferite , il appelle le plus proche des mafles de fa famille
maifon & furnom, on vient d'eftablir l'étenduë & la force de ces termes , la difpofition eft claire, il faut l'executer & déclarer que le Fidei-commis a efté ouvert
au profit de Leopold de Merode qui eftoit le plus proche mafle lors de l'ouverture
du Fidei-commis.

La confequence tirée du dilemme n'eft pas veritable.

Le Comte de Waroux prétendoit le Fidei-commis en qualité de mafle , il eftoit
parent au cinquiéme degré du deffunt à caufe de Marie de Merode fa bifayeule
fœur du Teftateur , il fouftenoit devoir eftre preferé fuivant le teftament à Mar-

D

guerite Isabelle de Merode Comtesse d'Isenghien quoy qu'elle fut plus proche d'un degré, parce que le Testateur preferoit les masles aux femelles quoy que plus proches.

La Comtesse d'Isenghien prétendoit au contraire que le testament ne comprenoit que les masles d'agnation, lesquels il preferoit aux femelles ; le Comte de Waroux ne demandoit le Fidei-commis que du chef de Marie de Merode qui le mettoit au cinquiéme degré du deffunt, elle soutint qu'il n'estoit pas dans les termes du testament, c'est ce qui resulte des repliques signifiées alors de la part de la Comtesse d'Isenghien au Comte de Waroux le 3. Octobre 1676. elles sont produites ; c'est sur ce fondement qu'elle a esté maintenuë par la Sentence de forclusion du 16. Mars 1677. il ne fut pas question d'examiner si le Comte de Waroux estoit masle de la maison de Merode descendu en ligne masculine & en quel degré il estoit, son seul moyen pour exclure la Comtesse d'Isenghien estoit sa proximité du cinquiéme degré à cause de Marie de Merode sa bisayeule & la preference que le Testateur donnoit aux masles à l'exclusion des femelles quoyque plus proches en degré : ainsi point d'application.

DEUXIE'ME OBJECTION.

Quand on supposeroit que Leopold de Merode eust esté le masle d'agnation appellé par le Testateur pour recueillir le Fidei-commis ouvert par la mort de François dernier de ses enfans, Madame la Duchesse de Holstein ne seroit pas mieux fondée dans sa prétention par deux raisons :

La premiere, parce que Leopold & Claude François de Merode sont morts sans avoir demandé l'ouverture du Fidei-commis, lequel par consequent est devenu caduc & ne luy a point esté transmis, ils n'ont pas pû transmettre un Fidei-commis dont ils n'estoient pas saisis, la coutume dA'rtois requiert des formalitez pour acquerir la proprieté d'un fond, ils n'y ont pas satisfait.

La seconde raison se tire de la qualité de Madame la Duchesse de Holstein qui n'a pas droit comme femelle de demander l'ouverture d'un Fidei-commis fait au profit des masles de sa maison les plus proches du dernier des enfans du Testateur.

REPONSE.

Dans le Fidei-commis comme dans les legs qui sont faits sous condition, on considere le moment de l'escheance de la condition qui produit l'ouverture du Fidei-commis & l'action pour en former la demande, c'est dans ce moment que le droit est acquis au Fidei-commissaire, parce qu'il s'est trouvé avoir les qualitez requises *Toto titulo* pour recueillir le Fidei-commis, s'il decede sans en avoir formé la demande, tout *Cod. quando* le droit qu'il avoit de la former, passe incontestablement à son heritier avec les *dies Fidei-* autres droits & actions de sa succession, il ne faut que parcourir les loix pour estre *comm. vel* *leg. cedat.* persuadé de la verité de ces principes.

Le droit qu'avoit Leopold de Merode en sa qualité de masle d'agnation le plus proche du deffunt de demander l'ouverture du Fidei-commis a passé dans sa succession à Claude François son frere, ce mesme droit a esté recueilli par Madame la Duchesse de Holstein dans la succession de Claude François de Merode son pere, elle ne demande pas de son chef le Fidei-commis, elle le demande du chef de Leopold de Merode son oncle, elle conclut qu'il soit declaré avoir esté ouvert à son profit par la mort de François dernier des enfans du Testateur ; c'est dans ce moment que tout a esté consommé & que la volonté du Testateur a esté remplie, puisque le Fidei-commis lorsqu'il a esté ouvert a esté deferé au masle qu'il avoit appellé & parfaitement designé pour le recueillir : Madame la Duchesse de Holstein est donc bien fondée dans sa demande pour faire déclarer que le Fidei-commis a esté ouvert au profit de Leopold de Merode son oncle.

Mais comment M. d'Isenghien peut-il proposer une semblable objection lorsque la Comtesse d'Isenghien qu'il represente a esté excluse en termes précis du Fidei-commis dont est question.

Leopold & Claude de Merode son frere n'ont pas satisfait aux formalitez de la coutume d'Artois, parce qu'ils n'avoient pas la connoissance du testament, & qu'ils

n'eſtoient pas par conſequent en eſtat d'y ſatisfaire, auroient-ils manqué de demander le Fidei-commis non-ſeulement du Comté d'Oignies mais encore de toutes les
autres Terres & Seigneuries que poſſedoit François de Merode? auroient-ils manqué
de remplir les formalitez que preſcrit la coutume d'Artois & de ſe conformer aux
loix & aux uſages des lieux où les autres Terres ſont ſituées, mais on ne peut pas
leur objeƈter cette obmiſſion; quiſqu'elle n'eſt d'aucune conſideration dans l'eſpece
particuliere.

La coutume d'Artois empeſche à la verité que la proprieté aƈtuelle des fonds ne
paſſe à l'heritier ou à un tiers à quelque titre que ce ſoit que par l'une des trois voyes
qu'elle preſcrit; mais cette coûtume n'empeſche que le droit & l'aƈtion qui naiſſent
du titre qui transfere la proprieté du fond ne paſſent dans la ſucceſſion à l'heritier,
à l'acquereur, au donataire, legataire ou autre qui a le titre pour la proprieté du fond
qui luy donne droit d'agir ſuivant les formalitez de la coutume pour en eſtre ſaiſi
& mis en poſſeſſion.

Il eſt donc préalable d'avoir le titre, puiſqu'il donne le droit d'agir ſuivant les formalitez de la Coûtume pour acquerir le droit réél & la proprieté du fond, il eſt donc
neceſſaire de bien diſtinguer le droit & l'aƈtion qui naiſſent du titre, du droit réel &
de la proprieté.

Le Legataire & le Fidei-commiſſaire qui decedent ſans avoir encore leur droit, ſans
avoir formé leur demande afin de délivrance du legs ou du Fidei-commis, laiſſent
dans leur ſucceſſion le même droit & la même aƈtion pour en former la demande, c'eſt
ce que Leopold de Merode a laiſſé dans ſa ſucceſſion, qui a paſſé à Madame la Ducheſſe de Holſtein & qui la mis en état d'agir, de pourſuivre & de faire juger le
droit qu'avoit Leopold de Merode qu'elle repreſente: quand une fois ce droit ſera
jugé, quand le Fidei-commis ſera declaré eſté ouvert au profit de Leopold de
Merode, elle agira en vertu du jugement ſuivant la diſpoſition des Coûtumes, Loix
& uſages des lieux où les Terres qui compoſent le Fidei-commis ſont ſituées.

TROISIE'ME OBJEJECTION.

Le Fidei - commis fait en faveur du nom & de la famille ſans appeller perſonne
en particulier, ne paſſe point le ſeptiéme degré ou le dixiéme au plus, Monſieur
d'Iſenghien cite pluſieurs autoritez, & entre autres celle de Peregrinus dans ſon
Traité de Fidei-commiſſis art. 30. nombre 3. ce qui excluoit Leopold de Merode qui
n'eſtoit qu'au douziéme degré.

RE'PONSES.

Premierement, le Teſtateur a deſigné parfaitement la perſonne qu'il appelle pour
recueillir le Fidei-commis, il veut que ce ſoit un mâle de ſa maiſon & de ſon nom,
premiere deſignation; il veut que ce mâle ſoit le plus proche du dernier de ſes deſcendans, l'étenduë & l'effet qu'il donne à ſa vocation eſt une preference perpetuelle,
& pour tous les cas de ce mâle ainſi caraƈteriſé à toutes les femelles, quoi que plus proches
en degré. Ce n'eſt donc point une vocation vague & indeterminée, puiſqu'elle eſt fi-
xée au mâle de ſa maiſon & du ſurnom du Teſtateur qui ſe trouvera le plus proche
en degré du dernier de ſes deſcendans.

Secondement, le Teſtateur avoit la liberté d'appeller au Fidei-commis un étranger,
à plus forte raiſon un mâle de ſa maiſon & de ſon nom, parent au de là du dixiéme degré, c'eſt auſſi la remarque que fait Peregrinus dans le meſme article 30. au
nombre 4. qui ſuit.

*Hæc autem concluſio, en parlant de celle du nombre precedent, vera eſt in ſuis ter-
minis cùm Teſtator ſimpliciter vocaſſet agnatos de familiâ, ſecus autem cum verba addi-
diſſet ex quibus mens Teſtatoris reprehenderetur ut vellet agnatos cujuſcumque gradus
ſuccedere, non ſicut ſibi liceret extraneos de aliâ gente ſubſtituere, cur non ſibi licebit
eos qui de familiâ ſuâ etiam ultra decimum gradum.*

L'objeƈtion ne devoit pas eſtre faite.

QUATRIE'ME OBJECTION.

Le Teſtateur n'a pas eu le pouvoir d'exclure la Comteſſe d'Iſenghien de ſucceder aux Terres d'Oignies & de Wahaignies, parce que ces Terres ſont ſituées dans des Coûtumes qui ne permettent pas de diſpoſer par teſtament au de la du quint de ſes propres, la Terre d'Oignies qui eſt propre au Teſtateur eſt ſituée dans la Coûtume d'Artois qui ne donne la liberté de diſpoſer par teſtament que du revenu de trois années de ſes heritages & du quint de ſes propres, reſervant les quatre quints à l'heritier.

La Terre de Wahaignies eſt ſituée dans la Coûtume de la Salle de l'Iſle qui ne permet dans l'article 4. des teſtamens de diſpoſer que du revenu de trois années de ſes heritages tant propre qu'aqueſts.

Ce ſont les ſeuls Terres & Seigneuries qui ſont reſtées, les enfans du Teſtateur ont diſpoſé des autres ſuivant le pouvoir qu'ils en avoient, & ont laiſſé des dettes, ce qui a obligé la Comteſſe d'Iſenghien d'abandonner tous les biens de libre diſpoſition & de ſe tenir aux biens patrimoniaux dont le Teſtateur n'avoit pas la diſpoſition.

RE'PONSES.

Premierement, il faut extremement diſtinguer ce que Monſieur d'Iſenghien affecte de confondre, la ſucceſſion de Richard de Merode Teſtateur, & les ſucceſſions de ſes enfans.

La ſucceſſion du Teſtateur eſtoit chargée du Fidei-commis porté par ſon teſtament, l'effet du Fidei-commis eſtoit à la verité ſuſpendu en faveur des enfans du Teſtateur & juſqu'au moment de l'écheance de la condition du Fidei-commis, par la mort du dernier des deſcendans du Teſtateur ſans poſterité, la charge du Fidei-commis reſtoit donc toûjours ſur les biens de la ſucceſſion, quoique l'effet en fût ſuſpendu.

Cette charge a paſſé dans la ſucceſſion du Teſtateur à ſes enfans, ils ſont entré en poſſeſſion de tous les biens en execution du teſtament & ſuivant le partage que leur pere commun en avoit fait.

Richard de Merode eſt mort le premier ſans enfans, la part & portion qu'il avoit recüeillie dans les biens de ſon pere a été réünie à celle de François ſon frere aîné, conformément au teſtament, il en joüy pendant pluſieurs années, il eſt mort en 1672. ſans poſterité, ſa mort a donné ouverture au Fidei-commis.

Marguerite Iſabelle de Merode Comteſſe d'Iſenghien eſt entrée en poſſeſſion des biens de la ſucceſſion comme la plus proche heritiere, elle en a pris tous les titres & papiers au nombre deſquels eſtoit le teſtament, elle a joüy juſqu'en l'année 1700. que Madame la Ducheſſe de Holſtein a heureuſement recouvré le teſtament, elle en demande l'execution, & en conſequence l'ouverture du Fidei-commis au profit de Leopold de Merode ſon oncle qu'elle repreſente.

Monſieur d'Iſenghien qui repreſente la Comteſſe d'Iſenghien, eſt-il en droit de conteſter l'execution du teſtament que les enfans du Teſtateur ont executé pendant prés de 50. années depuis 1622. que le Teſtateur eſt mort juſqu'en 1672. que le decès du dernier de ſes enfans eſt arrivé, eſt-il recevable à prétendre qu'il n'a pas eſté au pouvoir du Teſtateur de diſpoſer des Terres d'Oignies, de Wahaignies, parce qu'elles luy eſtoient propres.

Le principe eſt certain, il n'y a que l'heritier du Teſtateur qui ait droit de conteſter ſa diſpoſition, l'heritier de l'heritier n'a pas d'action pour s'en plaindre lors que le teſtament a eſté executé.

Ce principe eſt fondé ſur un autre principe également certain.

Les ſucceſſions des majeurs ſe prennent en l'eſtat qu'elles ſe trouvent, l'heritier de celuy qui a accepté en majorité une ſucceſſion, s'eſt ſoumis aux charges, il a contracté par cette acceptation l'engagement de les accomplir, il n'eſt plus recevable à revenir contre le fait de celuy dont il eſt heritier, il luy eſtoit libre de ne pas accepter l'heredité, mais du moment qu'il l'a accepté, il n'eſt plus en ſon pouvoir de n'en pas accomplir les charges.

François & Richard de Merode avoient executé le teſtament de leur pere, ils
eſtoient

ient entré en poſſeſſion de tous les biens en execution, & en avoient joüy chacun
ant le partage qui leur en avoit eſté fait.

'heritier qui a reconnu & approuvé le teſtament du défunt, n'eſt pas recevable à
onteſter les diſpoſitions, celuy qui en a reçû un legs & qui en joüy eſt encore *L. 8. §. 1.*
ns en droit de l'attaquer, *agnovit judicium defuncti ideo accuſare ut inofficioſam* *Cod. de in*
ntatem patris non poteſt. *offic. teſtam.*
Cette diſpoſition du droit a eſté reçûë & adoptée par nos Coûtumes.
'heritier ab inteſtat *par teſtament ou non qui ſciemment accepte aucun legs à luy* *Auvergne*
par le défunt ou ſatisfait à aucuns des legs faits par ledit défunt ou autrement *des ſuccef-*
e *en aucune partie ledit teſtament, il approuve toute la diſpoſition & ordonnance* *fions art.*
luy défunt, & eſt abſolument tenu la garder & accomplir, ſans qu'il ſe puiſſe ai- *50.*
de *la reduction au quart introduite par la Coûtume.*
Dans cette Coûtume on ne peut leguer au delà du quart, ſi l'heritier à reconnu *Art. 41.*
eſtament, il ne peut plus l'attaquer pour la reſerve coûtumiere des trois quarts.
Cette meſme Coûtume deffend toute ſubſtitution, ſi l'heritier a reconnu le teſta- *Art. 53.*
nt qui contient une ſubſtitution, il n'eſt plus recevable à propoſer la nullité de la
poſition ſur le fondement de l'article 53.
ugé par un Arreſt précis du 28. May 1631. qui confirme une Sentence du Bailly *Prohé dans*
Montpenſier. *ſes Notes*
Si l'heritier qui a approuvé le teſtament du deffunt n'eſt plus recevable à le con- *ſur l'art.*
er, ſoit par voye de nullité ou de reduction des diſpoſitions qu'il contient, com- *Loüet &*
nt écoutera-t-on l'heritier de cet heritier. *Brodeau, l.*
ch. 6. n. 1.
Premiere fin de non recevoir contre l'objection de Monſieur d'Iſenghien puiſqu'il
aux droits de la Comteſſe d'Iſenghien heritiere de François de Merode qui l'eſtoit
ſon frere, & tous les deux de Richard de Merode Teſtateur leur pere commun.
La ſeconde fin de non recevoir ſe tire de l'article 189. de la Coûtume d'Artois,
i regit la Terre d'Oignies, cette Coûtume veut que l'heritier qui prend tous les
ens de l'heredité, meubles, acquets d'immeubles & propres ou patrimoniaux, ſoit
u d'accomplir les charges que le défunt auquel il ſuccede a impoſé ſur les biens.
François & Richard de Merode ſont entrez en poſſeſſion de tous les biens libres &
trimoniaux du Teſtateur leur pere, ils en ont joüy pendant près de 50. années, ils
auroient pas eſté recevables à conteſter dans leur teſtament après l'avoir
ecuté pendant un ſi long-temps, la charge de Fidei-commis a paſſé dans leurs ſuc-
ſſions, la Comteſſe d'Iſenghien qui les a recueillis eſtoit encore moins recevable à
conteſter, Monſieur d'Iſenghien qui la repreſente n'eſt donc pas recevable à s'en
aindre.
Monſieur d'Iſenghien objecte que la Comteſſe d'Iſenghien qu'il repreſente n'eſtoit
eritiere que des biens patrimoniaux, & par conſequent que ſuivant l'article 189. elle
eſtoit pas tenuë des charges de la ſucceſſion.
Cette objection n'eſt qu'un pur équivoque, on affecte toûjours de confondre les
cceſſions & les perſonnes, le fait eſt vray que les enfans du Teſtateur ont joüy de
us les biens du Teſtateur leur pere tant meubles, qu'immeubles, acquêts & patri-
oniaux, c'eſt cette joüiſſance qui les a chargé de l'entier accompliſſement du Teſ-
ment, la Comteſſe d'Iſenghien leur heritiere a contractée en cette qualité l'obliga-
on de ſatisfaire à cette meſme charge; puiſqu'elle eſtoit reconnuë & conſentie par
s enfans heritiers du Teſtateur ſuivant l'article 76. de la meſme Coûtume.
Troiſiéme fin de non recevoir tirée de l'article 90. & 91. de la meſme Coûtume,
ui ne reſtraignent la diſpoſition de la totalité des propres que lors qu'elle eſt faite
u deſceu & ſans le conſentement de l'heritier.
Le Fidei-commis dont eſt queſtion a eſté fait de l'aveu & du conſentement de Fran-
ois & de Richard de Merode, ils ſe ſont obligez à l'accompliſſement entier du teſtament par l'acceptation qu'ils en ont fait, par la poſſeſſion & joüiſſance de tous les
iens du Teſtateur, tout eſt donc conſommé à cet égard de leur vivant, Monſieur
d'Iſenghien, qui repreſente la Comteſſe d'Iſenghien leur heritiere n'eſt pas recevable
à revenir contre ce qu'il ont fait & executé pendant près de 50. années.
Monſieur d'Iſenghien objecte que les enfans du Teſtateur n'avoient aucun intereſt
d'approuver le teſtament, puiſqu'il ne contenoit point de ſubſtitution à leur égard,

E

leur heritier auquel on demande le Fidei-commis a feul intereft de s'en plaindre.

La réponfe en un mot eft que les enfans font entrez dans les mefmes vûës du Teftateur leur pere, ils n'ont pas voulu donner atteinte à la fubftitution portée par fon teftament, ils n'ont pas ufé du pouvoir que le Teftateur leur laiffoit de faire des difpofitions : il eft vray que tant qu'ils ont vécu l'effet de la fubftitution eftoit fufpendu à leur égard, c'étoit proprement une fubftitution *de eo quod fupererit*, dont il y a une infinité d'exemple dans les Loix, ils ont fait honneur à la fage difpofition portée par le teftament de leur pere en confervant les Terres principales de leur maifon pour les faire paffer aux mâles d'agnation qu'il avoit appellé.

Les enfans du Teftateur avoient un intereft fort fenfible d'executer le teftament de leur pere par toutes les claufes avantageufes que le Teftateur avoit mis pour l'execution entiere & parfaite de fon teftament, & par les claufes defavantageufes & préjudiciables au cas d'inexecution, la Comteffe d'Ifenghien leur heritiere, ne peut prendre les chofes qu'en l'eftat qu'elles eftoient par le fait de François de Merode lors de fon décès.

Quand on fuppoferoit pour un moment, ce qui n'eft pas, que la Comteffe d'Ifenghien ou M. d'Ifenghien qui la reprefente feroient recevables à propofer la referve des quatre quints, ce ne pourroit eftre que pour la Terre d'Oignies & non point pour les autres Terres que poffedoit François de Merode, qui font fituées dans des Provinces où les Loix & les ufages ne bornent point le pouvoir des Teftateurs de difpofer des propres, de forte que le Fidei-commis devoit avoir fon effet.

Quatriéme fin de non recevoir tirée de la claufe du teftament portant exclufion perpetuelle & pour tous les cas des femelles par une preference & une prédilection pour les mâles, la Comteffe d'Ifenghien exclufe par une claufe auffi precife des Terres que poffedoit le Teftateur & à la poffeffion defquels il a appellé le mâle de fa famille maifon & furnom, n'eft pas recevable à contefter le teftament que les enfans du Teftateur dont elle eft heritiere ont executé pendant leur vie.

Quand on fuppoferoit, ce qui n'eft pas, qu'independamment de ces fins de non recevoir, Monfieur d'Ifenghien feroit recevable à fe plaindre de la difpofition & demander la reduction aux quatre quints, ce ne pourroit eftre que pour la terre d'Oignies & non point pour les autres terres que poffedoit le Teftateur fituées dans des Provinces où les Loix & les ufages ne bornent point le pouvoir du Teftateur, de forte que le Fidei-commis auroit toûjours fon effet pour ces terres de mefme que pour les portions dont le Teftateur avoit la liberté de difpofer ; il eftoit donc jufte & regulier dans cette fuppofition de prononcer l'ouverture du Fidei-commis pour eftre executé fuivant la difpofition des Loix & des ufages obfervées dans les lieux où font fituées les Terres, Seigneuries & Domaines qui compofent le Fidei-commis, mais la claufe du teftament jointe aux autres fins de non recevoir, excluoit entierement Monfieur d'Ifenghien du chef de la Comteffe d'Ifenghien fa bifayeule.

L'objection de M. d'Ifenghien qu'il ne reftoit dans la fucceffion de François de Merode que la Terre d'Oignies & fes dependances, fe détruit par deux réponfes.

1°. Il eft notoire que les terres que poffedoit le Teftateur y font reftées, les terres de Maupertingue, de Peterfein, de Peuchot, Holebet, la Baronie de Frentz, Oignies, Wahaignies & plufieurs autres.

2°. L'examen de ce qui pouvoit refter de biens n'eftoit pas l'objet de la conteftion devant les premiers Juges, il n'eftoit queftion que de prononcer fur la demande en ouverture du Fideicommis, pour faire enfuite l'application de leur jugement aux difpofitions des Loix & Coûtumes qui regiffent les biens du Fidei-commis.

Le fondement de cette demande eft le Teftament, le Fidei-commis y eft nettement écrit, le mâle qui y eft appellé pour les recüeillir y eft parfaitement defigné, Teftateur appelle le mâle d'agnation de fa famille maifon & furnom qui fe trouve le plus proche du dernier de fes defcendans, il ajoûte une preference entiere pour les mâles de fa maifon & de fon nom, & une exclufion perpetuelle & pour tous les cas des femelles, cette difpofition claire & precife doit avoir fon effet & fon execution parfaite dans la perfonne du mâle ainfi defigné & caracterifé, toute autre perfonne que le mâle ainfi defigné a efté incapable de recüeillir le Fidei commis au moment qu'il a efté ouvert, Leopold de Merode s'eft trouvé le plus proche mâle de maison du Teftateur ainfi carecterifé lors de la mort de François de Merode, qui a donné ouverture au Fidei-commis, ce titre qui luy affure fon droit n'eft pas contefté, il a efté executé depuis la mort du Teftateur pour toutes les autres claufes, il doit l'eftre inconteftablement pour le Fidei-commis au moment que la condition fous laquelle il a efté fait eft échûë; les dernieres volontez des hommes doivent eftre in violablement gardées & executées *fuprema voluntas Teftatoris fervanda*, l'intereft public concourt avec l'intereft particulier, *publice expedit fuprema hominum judicia exitum habere*. Monfieur d'Ifenghien n'eft pas recevable à contefter un teftament qui a reçû jufques icy une pleine & entiere execution.

L. 37. §. 1. ff. ad fenat. c. Trabell.
L. 5. ff. quemadm. teftamen. aper.

Monfieur DE LA GUILLAUMIE, Rapporteur.

M. LE ROY DE VALLIERES, Avocat.

A NOSSESGNEURS DE PARLEMENT.

SUPPLIE humblement Marie Celeftine-Philipine-Jofephine née Comteffe de Merode, Baronne de Ray, Princeffe de Montglion, Dame des Terres libres & Imperiales d'Argenteau & d'Hermales Marquife de Trelon, époufe autorifée par juftice à la pourfuite de fes droits & actions feparée de biens & d'habitation de Jean-Erneft-Adolph-Ferdinand Duc de Holftein Sleswick, qu'il vous plaife donner acte à la Suppliante, de ce que pour plus amples réponfes à tout ce qui a efté écrit & produit au Procès de la part de Meffire Louis de Gand Prince d'Ifenghein, enfemble au Factum fignifié à fa requefte le 14. May 1717. elle employe le prefent Memoire & ce qu'elle a cy-devant écrit & produit au procès, ce faifant en procedant au Jugement d'iceluy luy adjuger les fins & Conclufions qu'elle y a prifes avec dépens, & vous ferez bien.

De l'Imprimerie de J. JOSSE, ruë faint Jacques à la Colombe Royal proche S. Yves.

www.ingramcontent.com/pod-product-compliance
Lightning Source LLC
Chambersburg PA
CBHW061413170626
46811CB00005B/1972